KB024505

위로
받고

싶은
날에

위로
받고

싶은
날에

ⓒ박수정, 2017

초판 1쇄 발행 2017년 7월 26일
초판 4쇄 발행 2020년 11월 11일

지은이 박수정
그림 전예지
책임편집 김민준
디자인 그별
펴낸이 남기성

펴낸곳 자화상(프로젝트A)
인쇄,제작 데이타링크
출판사등록 신고번호 제 2016—000310호
주소 서울 특별시 마포구 월드컵북로 400 2층 20호 P—2
대표전화 (070) 7555—9653
이메일 sung0278@naver.com

ISBN 979-11-88345-08-3 02800

이 도서의 국립중앙도서관 출판예정도서목록(CIP)은 서지정보유통지원시스템 홈
페이지(http://seoji.nl.go.kr)와 국가자료공동목록시스템(http://www.nl.go.kr/
kolisnet)에서 이용하실 수 있습니다.(CIP제어번호: CIP2017017739)

위로
받고
싶은
날에

박수정 글 • 전예지 그림

자화
상

새벽 5시에 잠에서 깼는데 도무지 잠이 오질 않아서 등산을 다녀온 적이 있었습니다. 여름이 다가올 때쯤 이라 6시가 되기도 전에 날이 밝아 어둠이 긴 겨울보 다 좀 더 이른 시간에 무언가를 할 수 있다는 것이 좋 았습니다. 때마다 새벽 일찍 등산을 다녀오곤 하는데 산을 오르며 차가운 새벽 공기를 느끼고 자연의 소리 속에 사람들과 눈인사를 하며 일상에서는 볼 수 없는 나를 보는 것이 행복했습니다. 가끔은 평소 즐겨 하지 않던 일을 시행하는 것이 지금의 나에게 좋은 변화와 차분한 마음을 가질 수 있게 해준다는 것을 깨달을 수 있었지요.

다른 이들이 보기엔 별거 아닌 것 같은 일들을 자기 스 스로 특별하다 느끼고 그 별거 아닌 일들을 특별하게 만드는 마음을 가지게 된다면 그 안에서 충실히 행복 을 누리고 있는 자기자신을 만나게 될 거예요. 생각해 보면 우리의 주변에는 행복할 수 있는 요소들이 무수히 많습니다. 돈 한 푼을 주지 않고도 눈에 담을 수 있는 아름다운 것들이 있지요. 그저 막막한 세상으로 바라볼 것이 아니라, 좀 더 나은 세상으로 눈과 마음에 담았으면 합니다. 그만큼 우리는 소중하고 값진 사람이니까요.

삶은 바라볼수록 아름답습니다.
눈과 마음에 담는 것이 많아질수록 더욱 행복해지지요.
그저 안 될 거라는 생각과 부정적인 마음으로
자신과 세상 사이에 벽을 쌓지 않았으면 하는 마음으로 이 글을 씁니다.

2017년 나의 인생 가장 아름다운 순간에서

박수정

contents

2부
그것으로 이미 충분한 너였다는 걸

3부

따뜻한 여운으로 남았으면

°

그땐 왜 몰랐을까.
나 이렇게 사랑받기 충분한 사람이었다는 걸.

1부

나를 사랑하고자 하는 당신에게

작고 아름다운 것

몰아치는 바람에 열심히 흔들리지만
바람에도 꺾이지 않는 꽃 같은 사람이 되고 싶어.

보기에는 참 연약해 보여도
스스로를 지켜낼 만큼 강하니까.

그냥 예쁘잖아, 그 작고 아름다운 것이
사람도 쉽게 가누지 못 하는 비바람을 홀로 이겨낸다는
것이.

나
를
사
랑
하
자

가끔 그럴 때 있잖아요.

아무것도 가진 게 없다고 느껴질 때

내가 무능력하고 무의미하다 느껴질 때

그래서 나를 원망하게 되고 미워하게 되잖아요.

우리는 그럴 때일수록 자신을 더 사랑하고, 보듬어 주어

야 해요.

나를 사랑하지 않으면

나를 위해 무언가를 하려는 시도조차 하지 않게 됩니다.

당
신
이
라
는

사
람

당신이라는 사람은 당신 자체로 아름다운 사람입니다.

꼭 누군가가 옆에 있지 않아도 충분히 아름다운 사람입니다.

그러니 아름다운 당신을 애써 낮추지 마세요.

당신이 얼마나 멋있고, 얼마나 아름다운 사람인지 잘 생
각해보세요.

아마 당신은 사랑받기에, 존중받기에 아주 충분한 사람일
거예요.

그땐 왜 몰랐을까,

나 이렇게 사랑받기 충분한 사람이었다는 걸.

당신의 걱정과 두려움

쥐고 있지 말고 불어오는 바람에 다 날려보내요

나
에
게

별일은 없었지만 수십 번 바뀌는 감정들
바라는 것은 많지만 매번 바뀌지 않는 것들
복잡하고 어려운 세상 속에서
잘 버텨주고 있는 나에게 "오늘도 고생했어"라고
위로의 한 마디를 건넬 수 있는 날이 되었으면

차
라
리

말
이
죠

걱정이 많은 것에 대해서 걱정하지 않았어요.
만일 걱정이 없다면 내가 이 세상을 너무도
쉽게 살아갈 것 같아서 차라리 걱정이 많은 편이
더 낫다고 생각했어요.
그래요, 그냥 그렇게 생각할래요

참
는
다
는
건

참는다고 나아질 거였으면 지금 이렇게 힘들지도 않았을
거예요.
지금까지 열심히 참아왔지만, 아직도 힘든 걸 보면 참는
게 답은 아니더라고요.
할 말은 똑 부러지게 하는 게 맞고, 무시할 건 적당히 무
시하는 게 내 힘듦을 덜어주는 좋은 방법이에요.

말하고 나면 속이라도 시원하지, 자꾸 꾸역꾸역 집어삼키
기만 하니까 속이 답답하고 더부룩한 거 아닐까요?

하루

살다 보면 무언가를 얻을 때도 있고,
무언가를 잃을 때도 있기 마련이죠.
사람들은 대부분 잃는 게 더 많다고
생각하지만 사실은 얻는 게 더 많은 것 같아요.
예를 들면 시간처럼 말이에요.

지나간 날들이 다 잃어버린 날처럼 느껴진 달까요.
학창시절 학업에 치이던 날들, 친구들과 즐거웠던 날들
이 모든 날들이 이제는 그리움으로 남아버렸죠.

하지만 잘 생각해보면 그 잃어버린 날 속에는
행복한 추억들과 즐거운 기억들이 많이 남아있어요.
그러니 우린 잃은 게 아니라,

'시간'이라는 것에서
'추억'이라는 더 큰 걸 얻는 거예요.

참아야 할 것들

삶은 참아야 할 것들이 너무도 많다.
좋은데 애써 참아야 하고
싫은데 애써 참아야 하고
슬픈데 애써 참아야 하고
힘든데 애써 참아야 하는

가끔은 모든 감정을 저 멀리에 날려보내고 싶다.
어떤 감정도 찾을 수 없게

옆
에

있
어
줄
게

혼자이고 싶다더니, 떠오르는 사람들이 많은 걸 보면
너는 위로가 필요했던 거야.
어쩌면 절실함을 표현하지 못 해서
답답한 마음 혼자 안고 있었을지도 모르지.

나는 네가 힘들어할 때마다 조용히 옆에 있어줄게.
말하지 않아도 어떤 마음일지 다 헤아려줄게.

네가 내게 조금의 표현을 해준다면,
우린 지금보다 더 행복해지겠지.

|흠

어떤 물건이 하나 있어요.

그런데 그 물건이 긁히고 상한 자국이 많으면 왠지 모르게 잘 사용하지 않게 되죠. 어쩌면 마음도 그렇지 않을까요? 긁히고 상한 자국을 누군가에게 보여주게 되면 그 사람이 나를 찾지 않을 것 같아서 두려운 마음에 숨기려 애쓰는 거 아닐까요. 어쩌면 당신도 지금 누군가에게 버림받는 게 두려워 애써 웃음 지으며 상한 마음을 숨기고 있을지도 모르겠네요.

숨기지 마세요.
당신의 흠도 보듬어줄 수 있는 사람을 만나요.
그 흠을 보여줬을 때도 당신 곁을 떠나지 않는 그런 사람을 곁에 둬야죠.

진
심

살아보니까 알겠어요.
진짜 나의 모습을 사랑해주는 사람을 만나야 한다는
것을요.
그렇지 않으면 그 관계는 오래 지속되지 못 하더라고요.

애써 내 모습을 숨기면서까지 상대방을 맞추다 보면
상대방은 좋겠지만, 나는 얼마 못 가서 지쳐서 모든 걸
놔버리게 되거든요.

당신의 마음, 타인으로 인해 내려놓지 말아요
어떻게 올려놓은 마음인데, 그걸 내려놓나요

비가 내리는 건 당신을 우울하게 만드는 게 아니라,
우울해하는 당신과 함께 울어주기 위해 내리는 걸지도.

하늘도 슬픈 건지
아니면, 내가 슬픈 걸 아는 건지.

계
절
의
위
로

걱정 말아요
봄날엔 따사로운 햇살이 당신을 비추고
비 오는 날엔
창문을 두드리는 비가 당신을 위로하고
눈 오는 날엔
하얀 세상이 당신을 미소 짓게 하고
바람 부는 날엔
당신의 근심 걱정 가져가 줄 거예요.

잘 생각해보면 참 좋은 계절 뿐인데
당신은 걱정이 너무도 많았네요

지금을 살고 있는 당신은
모든 것이 당신의 삶이고,
모든 것이 당신의 세상입니다.

위
로

위로라는 건

그 사람의 마음에 진심이 닿는 것

그 사람의 마음을 깊게 헤아려주는 것

그 사람의 아픔을 함께 나누는 것

그 사람의 상처를 보듬어주는 것

그 사람의 눈물을 닦아주는 것

문득, 말하지 않아도

나의 힘든 마음을 알아주는 그런 사람이 곁에 있었으면

늘 괜찮다는 말을
입에 달고 살았더니

이제는 괜찮지 않은 일에도
괜찮다고 말하는 당신

정말 괜찮은 거 맞나요?

요즘은 괜찮다는 말이
자꾸만 무의미해지는 기분이 들어요.

견디내기

좋은 날은 앞으로 더 많을 테니
그날을 위해 오늘도 견뎌내요.

당신은 지금까지도 힘든 날들이 많았지만
잘 버텨왔고, 잘 이겨냈으니까요.

앞으로 힘든 날이 없을 거라는 장담은 못 하지만
그렇다고 좋은 날이 없을 거라는 장담도 못 하죠.

모든 일은 복잡하게 생각할 것이 없어요.
어차피 가야 할 곳은 가게 되어 있고
닿아야 할 곳은 닿게 되어있으니.

소
중
한 당
신

어려운 세상 속에서 막막한 일들이 참 많죠.
특히 늦은 밤 모두가 잠들고 고요한 어둠만이 남았을 때
홀로 눈 뜨고 눈물 흘린 적 한 번씩은 있을 거예요.
저도 그래요. 숨죽여 울다가 잠들곤 해요.
처음엔 너무 슬퍼서 감당이 안됐었는데 좀 지나니까
허무한 마음도 조금은 괜찮아지더라고요.
그러니 우리 가끔은, 속 시원할 만큼 울어요.
그리고 내일은 부디 눈물 없는 소중한 하루를 보내요.

당신은 소중한 하루를 보낼 만큼 소중한 사람이잖아요.

용
감
함

실수는 잘못이 아니라 도전을 했다는 용감함이에요.
그러니 실수를 잘못이라 생각하지 않았으면 해요.

나는요, 당신이 도전했다는 그 용감함에
힘껏 박수 쳐주고 싶어요.

나는 네가 실패했다 하더라도, 도전하는 너의 모습에서
배울 점이 정말 많다는 걸 느껴.
너의 그런 용감함이 나에게는 없는 거라 더 박수 쳐주고
싶은 거야.
너를 손가락질하는 사람들은 과연 너만큼 용감할 수 있
을까 생각해봐.
너는 분명 잘한 거야.

괜찮아, 어때

잠시 틀어지면 어때
다시 맞추면 되지

잠시 이탈하면 어때
다시 합류하면 되지

잠시 길을 잃으면 어때
다시 돌아서 가면 되지

너무 걱정하지 마

긍
정

어떤 일이든 긍정적으로 생각하면 잘한 일이 돼
그러니 너의 선택을 부정하지 마.
그렇게 너의 선택이 잘한 일이 될 수 있게

잘 못 눌러서 뽑았던 그 캔 커피도
내가 맛있다고 느꼈을 때,
'잘 뽑았구나' 생각하게 되더라.

바람이 불어오니
당연히 흔들릴 수밖에

바람이 불어오니, 당연히 흔들릴 수밖에
비가 내려오니, 당연히 젖어들 수밖에
눈이 쌓여오니, 당연히 아름다울 수밖에

잊어버릴 것 같아서

아무 것도 위로 되지 않는 요즘은
조금 막막했다.
이대로라면 행복이 무엇이었는지
잊어버릴 것만 같아서.

내게 있어 행복은 어떤 것이었을까.
글쎄, 내가 느껴온 행복은
적당한 거리에서 사람들을 바라보고
적당한 거리에서 마음을 나누고
적당한 거리에서 걱정을 주고받는 것이 아닐까 싶다.

생각해보면 모든게 적당해서 행복했던 것 같다.
사람도 사랑도 잊어버렸을 때,

내가 먼 길을 돌아가야 하지 않게.

적당히, 그저 적당히.

과
정

당신은 늘 충분합니다. 누군가에게 지기 싫어 더 열심히 하는 것도 압니다. 그렇게 충분한 당신이 걱정하는 게 있다면 당신보다 더 나은 사람들이 많기 때문이겠죠. 하지만 다른 사람과 당신을 비교하지 마세요. 당신은 그저 당신일 뿐입니다.

항상 충분했습니다.
그리고 나는 알고 있습니다.
그 모든 과정이 얼마나 아름다웠는지.
그러니 지금,
잘하고 있는 거예요.

당신이 우울하다 말할 때, 웃으며 위로해주는 친구가 곁
에 있나요? 만일 그런 친구가 있다면, 그 친구에게 진심
으로 고마워해야 할 거예요. 어쩌면 그 친구도 오늘은 진
심 어린 위로가 필요했을지도 모르니까요.

당신을 위로해주기 위해
자신의 우울을 숨기고 애써 웃어 보였을 고마운 사람,
그게 바로 '친구'입니다.

곁에 있는 친구를

항상 소중히 생각하는 그런 사람이 되어야지.

곁에 있는 친구의 아픔을

항상 말없이 안아주는 그런 사람이 되어야지.

잘
하
고
있
어
요

지금 당신이 힘든 이유는 앞만 보고 달리지 않고 여기저기 둘러보고 있기 때문입니다. 만일 당신이 앞만 보고 달려간다면 당신 삶에 있어 필요한 것들을 보지 못 하고 지나치게 될 겁니다. 당신은 지금 삶에 있어 필요한 것들을 마주하고 있는 것뿐이에요. 시간이 지나면 좀 더 성숙해질 당신이 될 테니 너무 마음 쓰지 말고 천천히 나아가요.

세상을 둘러보면 마음에 담을 것이 참 많습니다.

울고 싶은 밤

울고 싶은 밤엔 상처받지 말고 차라리 실컷 울어요.
상처는 흉터로 남지만 눈물 자국은 물로 씻어낼 수 있잖
아요. 그 눈물이 말라서 자국으로 남으면 우린 그냥 씻어
내기만 하면 돼요.

그러니까 우리 상처받지 말고, 실컷 울고 씻어내 버려요.

너무 많은 사람들이 일어나지도 않은 일을 걱정하다
해야 할 일을 놓쳐버립니다.

'괜찮을까, 하지 말까'라는 생각보다
'괜찮겠지, 한 번 해보자'라는 생각을 먼저 해보세요.
그럼 무거웠던 마음, 조금은 홀가분해 집니다.

당신의 마음,
무겁게 방치하고 있는 건 아닌지요.

망설임의 시간이 길어지면
선택의 기회를 놓치기 마련입니다.

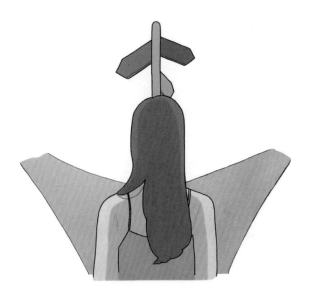

처음은 원래 더딘 거야
조금은 길고 고독한 시간이 되겠지
하지만 더 나은 날들이 올 거라는 믿음을 가지고
오늘도 잘 견뎌냈으면 해.

비록 고독한 시간이 되겠지만 희망을 놓지 않았으면
해요.
그 시간이 지나면 반드시 웃을 날이 올 테니까요.

얽
매
이
다

사소한 것에 얽매여 있다면 훌훌 털어내 버리세요.
당신을 동여매고 있는 사소한 일들에 갖은 신경을 쏟지
마세요. 보다 중요한 것에 얽매여 당신에게 더 가치 있는
삶이 되어야죠.

사소한 것에 얽매여 시간을 빼앗기기엔 너무도 아름다운
청춘

예전엔 길에서 넘어지면 툭툭 털고 일어서서 다시 걸어가곤 했는데. 지금은 왜인지 넘어질까 봐, 쓰러질까 봐 걱정이 많아진 나를 억지로 붙들고 있는 것 같아. 언제부터인지 갈피를 못 잡고 있는 내 모습이 이리도 초라한데 항상 내 옆에서 손 내밀어 주는 사람이 있다는 게 얼마나 고마운지

나는요, 나만 넘어지지 않으면 된다는 마음으로 애썼는데 당신은, 내가 넘어질 때마다 항상 손 내밀어 주었네요.

종종
있는
일

종종 있는 일.

무언가를 시도해서 안된다는 것을 알았을 때 보다

더 슬픈 것은,

이미 해보기도 전에 안된다는 것을 깨달았을 때였다.

언제부턴가
나도 모르게

무기력한 요즘

더뎌지는 감정

생각 없는 말들로

언제부턴가 나도 모르게 무뎌지고 있는 중.

일도 손에 안 잡히고,

마음도 엉망일 땐

잠시 하던 일 내려놓고 나만의 시간을 가져 보는 게 어떨까.

몸도 쉴 틈을 주지 않으면 제 기능을 못하듯

우리 마음도 여유가 없으면 힘들고 아파하기 마련이니까.

잠시 내려놓아도 괜찮을 것 같아.

머뭇거리지 말고 일단 내려놓자.

곁
에

누구에게도 손 내밀지 못했던 나는
매일이 고독이었다.

곁에 많은 이들을 두고도
손 잡아달라 말할 수 있는 이가
단 한 명도 없었으니 말이다.

나는 그저 따뜻함을 받아보고 싶었다.
행복에 젖어보고 싶었고
나는 그저 당신에게 사랑받고 싶을 뿐이었다.

바라는 게 별로 없는 것만 같았는데
그 모든 게 실은 쉽게 이루어지지 않던 것들이더라.

만남도 그렇고 이별도 그렇고

갑자기 찾아와서

온 마음을 헤집어 놓는 건 다 똑같다.

그 모든 게 실은 쉽게 이루어지지 않던 것들이더라.

마
음
의
평
수

시간이 지나면 지날수록 마음의 평수를 늘려줘야 합니다.
우리는 점차 많은 사람들을 만나고, 더 많은 경험을 하면서
마음에 담아 두어야 할 것들이 많아지기 때문에
그때마다 좁아지는 마음을 넓혀야 합니다.

많은 걸 얻어서 마음에 담고 담아둔 것들을
나누어 줄 수 있는 사람이 되어야죠 우리.

그러니 가끔은
무작정

힘들 땐 일탈도 필요한 거야. 한 평생 모범생으로 살아왔
다 하더라도, 가끔은 놀 줄 아는 사람이 돼야 해. 너를 위
해 사는 삶, 행복도 찾고 재미도 찾아야 하지 않겠어. 생
각해보면 그리 어렵지도 않아 그냥 하던 일 내려놓고 무
작정 떠나면 돼 그럼 그때부턴 어쩔 수 없이 무언가를 하
게 되겠지. 고민하고 망설이는 순간 너는 또 일상에 갇혀
버릴 거야.

그러니 가끔은 무작정 떠나. 나중은 나중에 생각하고

PASS PORT

마
음
가
득

마음은 참 큰데
행복은 너무도 작았다.

큰마음을 가지고 살아도
그 마음 가득 행복일 수는 없었나 보다.

많은 사람들은 혼자이길 원한다.
시끄러운 일상으로부터 벗어나고 싶어서 발버둥 친다.
하지만 사람들은 알고 있을까.
세상이 시끄벅적할 때마저도
내겐 적막만이 흐른다는 걸.

이 시끌벅적한 적막이 내게는 너무도 무겁다는 걸.

헝클어진 마음

마음이 예뻐야 사랑을 받는데
한껏 헝클어진 마음을 정리하지 못 해 큰일이다.
분명 나는 사랑받고 싶으나
아직 사랑받을 준비가 되지 않은 것 같다.

사랑받고 싶다면
당신의 헝클어진 마음부터 정리하는 시간을 가졌어야죠.

여
유
일
까

분주한 사람들 속 여유로운 나는 그다지 여유롭지도 않지
만, 저들은 어떤 세상에 살길래 저리도 분주히 가는 걸까.
그리고 나는 이제 어디로 가야 하는 걸까.

혼자만의 감당

나도 말하고 싶지.
내 걱정과 수많은 고민들.
하지만 그러기엔 네가 너무 힘들어 보여서
그냥 내 마음에 묻어두기로 했어.

괜찮아, 같이 힘든 것보단
나 혼자 힘든 게 더 나으니까.

굳이 필요 없는 감정들까지 주워 담지 마세요.

당신의 마음 속에 있는

아름다운 감정들이 구겨지니까요.

2부

그것으로 이미 충분한 너였다는 걸.

저마다 살아가는 방식이 있다

꽃은 피워야 살아가는 것이고

바람은 불어야 살아가는 것이고

나무는 흔들려야 살아가는 것이고

비는 내려야 살아가는 것이다

아마 우리는

사랑을 해야 살아가는 거겠죠

사실은 상처가 많아서 아픈 게 아니라
상처 하나가 너무 깊어서 그랬던 건 아닐까.

네가 내 인생에 전부였기에
내 곁을 떠나면 안될 거라는 생각이 들었지만
그런 생각도 잠시, 인생에 전부라는 건 언젠가는 바뀌더
라.

나는 늘 네가 내 전부이길 바랐지만,
그게 생각처럼 마음처럼 쉽지 않더라.

마
음
앓
이

당신과 헤어지고 마음으로 앓았던 게 있다면, 사랑할 때
차마 못한 말들 때문입니다. 아주 사소한 말부터 찬란한
말까지 당신을 잃고 나서야 마구 맴돌았기 때문입니다.
나는 분명 당신을 사랑했지만, 당장 내 앞에 있는 당신만
을 사랑했지 마음 깊이 박혀있는 말들을 꺼내 놓고 사랑
을 말하지는 못 했습니다. 그래서 나는 당신이 떠나고도
속앓이를 합니다. 마음 깊은 곳에 남아있는 사소한 말부
터 찬란한 말들이 아직도 몰아치고 있어서요.

아름다운 감정

너무 꾹꾹 눌러 담지 마세요

당신의 마음에도 여유가 필요하니까요

군이 필요 없는 감정들까지 주워 담지 마세요

당신의 마음속에 있는 아름다운 감정들이 구겨지니까요

시간이 지날수록 아픔에 성숙해진다는 건,
겪어왔던 수많은 상처와 아픔들이
굳은살처럼 박혀서인 것 같다.

자신이 느끼기에 이 정도 아픔쯤은
충분히 견딜 만하다고 생각하기 때문에
더한 아픔도 무덤덤하게 받아들였던 것 같다.

아픔이 더해질수록 우리의 마음은 점점 더 굳어갔고
이내 딱딱해진 마음은 아픔에도 끄떡없었다.

소중한 말

내가 말이 없다고 해서

마음도 없을 거라는 생각은 하지 않았으면 해.

나는 네가 하는 말을

마음에서 수십 번 되새김질하는 그런 사람이니까.

지금 당신이 이별에 아파하기엔 주변에 너무나도 많은
기회들이 서성이고 있어서 이별에 아픈 당신이 빨리 주
위를 둘러보길 바라는 마음이에요. 지금은 마음을 긁어내
고 있어서 쓰리고 아프겠지만, 빨리 주위에 있는 좋은 사
람들을 만나서 마음을 가득 채웠으면 해요. 부디 당신을
더 나은 날들에 살게 하는 사람을 만나길 바랄게요.

온종일 당신 생각에

빈틈 없는 하루를 보냈지만

잠들기 직전엔

꼭 당신 걱정이 앞서고 말아요.

난 괜히 걱정이 많아요

당신 생각이 많은 만큼

길

혼자 걸은 줄만 알았던 이 길엔
생각보다 많은 이들이 걸었습니다.

나만 힘든 줄만 알았던 이 길은
생각보다 많은 이들이 버텨냈습니다.

그 사실을 알게 된 순간
나는 더 힘을 내 걸었습니다.
그리고 마음으로 말했습니다.

'나만 힘든 게 아니었구나'

시
간
이
라
는
약

몸이 아플 땐 약으로 버틸 수 있지만 마음이 아플 땐 그 어떤 걸로도 버텨낼 수 없다. 어쩌면 당연한 거다. 긍정도, 위로도, 좋은 말도 가끔은 그 아무것도 나를 일으켜 세워주지 못 한다. 그럴 땐 그냥 나만의 시간이 필요할 뿐이다. 그래서 흔히 말하는 '시간의 약'이라는 것을 스스로에게 처방하는 것이다.

아주 옳은 처방이다. 마음의 병엔 시간이 약 맞다.

感情의 선

그 누구보다 상처라는 것이 아프고 두려운 존재라는 것
을 잘 알면서도 나는 사람들에게 상처를 주는 어리석은
실수를 한다. 내가 겪어온 것들을 남들에게 돌려주는 짓
은 하지 않을 줄 알았는데, 막상 살아가다 보니 내 생각대
로 살아지지 않았다.
사람은 아무리 자신이 받은 상처가 아파도 다른 사람에
게 똑같은 같은 실수를 하고,
그 상처를 다시 되받는다.

감정은 너무도 간사했다.

각자의 마음

사랑했던 건 우리 마음

이별했던 건 네 마음

떠나지 못 했던 건 내 마음

각자의 마음만 뚜렷했던 우리.

알
수
없
는
시
기

누군가가 내게 어디로 갈 거냐고 물어볼 때면 나는 모른다고 대답합니다. 상대방은 그런 나를 답답해하지만 지금은 정말 어디로 가야 할지 모르겠는데 어떻게 대답하라는 걸까요.

당신의 뒷모습

세상에 지친 당신
발걸음이 무거운 당신
뒷모습이 쓸쓸한 당신

그런 당신을 보면
마음이 한 곳이 먹먹해집니다

조금만 더 힘을 내주세요
조금만 더 가벼운 발걸음으로 걸어가 주세요
조금만 더 어깨를 펴주세요

나는 그런 당신의
뒷모습을 보고 싶습니다.

생각해보면 걸어온 길이

그리 험난하지도

그리 가파르지도 않았는데

왜 그토록 버거워했는지

어쩌면 지금도 평지를 걷고 있으면서도

힘들다 투정 부리고 있는 건 아닌지

너를 몰랐더라면

너를 몰랐더라면 당연히 그리움도 미련도 없었겠지
하지만 너를 몰랐더라면 사랑도 행복도 몰랐을 거야
그래서 나는 잃은 것보다 얻은 게 더 많은 것 같아

아, 이별은 참 슬픈데
나는 너를 행복으로 남기려니까 왠지 더 슬프다

모든 걸
놓고 싶을 때

감정 조절이 힘들어진 걸 보면 볼륨을 높이는 것도 낮추는 것도 전혀 도움이 안 되는 시기인 거야. 어떤 날은 볼륨을 높여서 스트레스를 풀고 어떤 날은 볼륨을 낮춰서 스트레스를 푸는데 오늘은 도통 아무 것도 위로가 되질 않더라고. 그냥 말 그대로 감정 조절이 안 되네. 아무도 생각도 안 하고 바다 바람이나 쐬면 좋겠어. 아무 것도 안 보고 안 듣고 바람에 다 맡겨버리고 싶고 그러네.

아무리 강한 나도
때론 모든 걸 다 놓고 싶을 때가 있더라고

지
금
의
나

나는 지금의 내가 가장 소중해
과거의 나는 이제 없고, 미래의 나는 아직 없잖아

내가 존재하는 건 지금 이 순간이니까
지난 일에 연연하지 말고
아직 일어나지도 않은 일에 두려워할 것 없어

지금의 순간을 사랑하고
지금의 순간을 온몸으로 느껴.
그것만으로도 충분히 벅찰 테니까

나를 채워주는 것

나는 뭐가 그리도 외롭고 쓸쓸했던 걸까
이 많은 사람들을 곁에 두고도
왜 나를 채우지 못 했던 걸까

곁에 많은 사람을 두었지만 당신의 마음은 계속 닫혀 있
었던 거죠

내가 뱉은
수많은 말

몇 마디의 말들이 가슴 깊이 박혀서
도통 빠질 생각을 안 한다
우리는 고작 몇 마디의 말에도
마음에 담아두고 아파하는데
하물며 내가 뱉은 수많은 말들은
얼마나 많은 이들의 마음을 울렸을까

사
랑
을

시
작
할

때

누가 그랬어 사랑은 헛된 상상이 만들어내는 거라고 그
래서 사랑에 빠지면 더 깊게 들어가 버리는 거라고 사실
맞아 난 너무 많은 행복을 상상해버려서 사랑이라는 장
르는 늘 로맨스일 거라고 생각한 거야. 하지만 상대방은
그렇지가 않았지. 어떤 날은 비가 오고, 어떤 날은 번개가
치는 것처럼 늘 맑을 수가 없었어. 사실 난 늘 맑을 수 없
다는 걸 알고 있었으면서도 부정했던 거야. 사랑이 깊어
지면 깊어질수록 헛된 상상이 나를 구름 위로 올려버려
서 비가 오는지, 눈이 오는지, 천둥이 치는지 하나도 보이
지 않는 거야. 아마 매일 환한 줄만 아는 거야. 그러다 나
중에 구름 밑에 비바람이 부는 걸 보면 그 실망은 말로 표
현할 수 없이 깊게 박히겠지.

그러니까 사랑을 할 땐 비도 오고 바람도 부는구나 생각하고 시작해. 그럼 맑은 날이 더 아름답게 느껴질 테니까

과
정

헤어지자는 사람이 나쁜 건 아니잖아
헤어짐을 결심하게 만든
그 사람이 나쁜 걸 수도 있지

떠나간 사람이 나쁜 건 아니잖아
떠나게 만든 무관심했던
그 사람이 나쁜 걸 수도 있지

결과는 전부가 아니야
그 결과를 만드는 과정이 중요한 거야

배워가는
견뎌가는

너는 사랑한 죄밖에 없어, 괜찮아 사랑했을 때 충실했으면 그걸로 된 거야. 지금은 비록 이별을 하고 있지만 이젠 그 이별에 충실하면 돼. 사랑할 때 행복했던 만큼 아플 거라는 거 어느 정도 예상은 했잖아. 나는 네가 잘 견뎌냈으면 좋겠다. 그리고 가장 힘들 때, 더 좋은 사람이 네 곁에 나타나줬으면 좋겠다. 그렇게 사랑도 이별도 견뎌내는 법을 차차 배워갔으면 좋겠다.

사실 누군가를 잊는다는 표현보다는

가슴 깊이 묻어둔다는 표현이 더 맞는 것 같다.

그
냥
그
래

남들은 웃기다는데
재미있다는데
슬프다는데
맛있다는데

나는 다 그냥 그래.

훗
날

지나는 길, 아름다움을 카메라에 담고자
주섬주섬 휴대폰을 꺼내 들곤
눈앞에 예쁜 풍경들을 담아냈다.

훗날 사랑하게 될 너와,
꼭 이곳에 들러야 겠다는 마음으로
사진을 담고 미소 지었다.

그러니 너는 내게 오기만 하면 된다.
아름다운 것은 내가 다 준비해 두었으니.

쉼
표

당신을 사랑하는 것이
내 삶의 가장 큰 의미입니다.

끝을 생각할 수 없을 만큼
많은 것을 함께 하고 싶습니다.

그래서 우리 사랑은
마침표가 아닌 쉼표였으면 합니다.

특별함은 예쁜 당신에게,

예쁜 꽃을 선물하고 싶은

아주 사소한 관심으로부터 나오는 겁니다.

사랑받고
싶은 날

가끔 사랑받고 싶은 날이 있어요.
만개한 벚꽃을 보았을 때도 그렇고
어둑해진 밤하늘을 바라볼 때도 그렇고
괜스레 혼자가 싫어질 때도 그래요.

지나가는 날들에는
너무나도 많은 것들이 나를 사랑받고 싶게 만들어요.

너를 사랑하는 건,
꽃집을 들르게 만드는
그런 마법 같은 일

過
程

행복을 만나기까지 많은 사람을 거쳐야 하고, 많은 경험
을 해야 했지만
그 모든 과정이 행복에 가까워지는 방법이라 생각하고 그
저 즐겁게 살아가기

3
초

'사랑해', '고마워'
어려운 말이 아닙니다.
고민하지 마세요.
그 말을 하는 데 딱 3초면 충분하잖아요.

오늘은 3초만 투자해서
사랑하는 사람에게 '사랑한다', '고맙다' 이야기해주세요.
당신은 3초가 걸렸지만 그 사람은 아마 3일 내내 행복할
거예요.

뜻
밖
의

행
복

가끔 그런 날이 있어요.

아무것도 기대하지 않고 하루를 보냈는데

갑자기 짠! 하고 좋은 일이 생기는 그런 날이 있어요.

그럴 때 정말 행복하지 않아요? 예상치도 못 한 일에 더

들뜨고, 몇 배 더 행복을 느낄 때가 있잖아요.

이렇게 뜬금없이 보물 같은 하루가 내게 와주니까

그게 고마워서 더 열심히 살아가게 되는 것 같아요.

고
마
워

말은 안했지만

항상 날 위해주는 너에게

항상 곁에 있어주는 너에게 고마워.

간간히 우울함을 느끼는 이 늦은 새벽

수화기 너머로 들리는 너의 숨소리 들으며

마음 편히 잠들 수 있음에 나는 오늘도 너에게 고마워.

마음의 온도

하루가 어떻게 지났는지도 모를 만큼 힘들고 지쳤던 오늘
당신이 수줍게 내민 따듯한 손이 지쳐있던 내 마음에 닿
았습니다.
만약 당신이 없었더라면 나는 어떻게 되었을까요.
따듯한 당신의 손이 없었더라면 나는 얼마나 더 차가워져
있을까요.

늘 고맙습니다.
차가운 나를 따듯하게 녹여줘서.

그거면 돼요

크게 바라는 건 없어요.
가끔 부드러운 미소 한 번과
따뜻한 말 한 마디 그리고 몇 번의 칭찬만 있으면
나는 더 잘할 수 있을 것 같아요.

비록 소박한 삶이지만

가끔 불꽃처럼 반짝이는 날들이 있어 소박한 삶도

살아갈만 하구나 느끼는 요즘이에요.

너는 그런 사람

네가 좋은 이유는 네가 내 표정만 봐도 다 알아주기 때문이야. 내가 오늘 힘들었을지, 행복했을지 알아주기 때문이야. 내가 굳이 알아달라고 얘기하지 않아도 다 알아주는 너라서

세상에 이렇게 나를 잘 알아주는 사람이 또 어디 있을까, 열심히 말해도 몰라주는 사람이 더 많은데 말이야.

기
회

너와 마주치고 싶은 마음에
왔던 길을 수십 번 돌고, 돌았어.
비록 오늘은 너와 마주치지 못 했지만
발걸음은 왠지 가벼웠지.

그 이유는 아마, '내일 또다시 이 길을 돌면
너와 마주칠 수 있지 않을까'하는 기대감 때문이겠지.

좋은
너

있잖아, 너는 좋은 사람이야.
내가 그렇게 느끼니까.
널 너무 부정하지 마.
분명 나 아닌 다른 사람들도
널 좋은 사람이라고 생각할 거야.

한결같은
사람

한결같은 사람을 놓치지 마세요.
늘 곁에 있어주는 사람을 당연시 여기지 마세요.
편하다고 해서 편하게만 대하지 마세요.

당신의 곁에 있어주는 한결같은 사람에게
편하다 생각해서 쉽게 약속을 취소하고, 쉽게 말을 내뱉고,
쉽게 감정을 표현한다면 그 사람은 당신이 느끼지 못 하
는 사이 점점 거리감을 둘 수도 있습니다.
아무리 당신의 곁에 오랫동안 머물러준 사람이라 할지라도
그 사람은 늘 당신에게 존중 받고 싶고, 당신에게 관심 받
고 싶을 겁니다.

당신이 지켜야 할 약속은 새로운 사람과의 약속이 아니라

늘 곁에 있어주는 오래된 사람과의 약속인 겁니다.

믿음은 떠나간 사람도

돌아올 거라고 확신하게 만든다.

間
切
한
것

누군가에게 당연한 것이
누군가에겐 소중한 것이고

누군가에게 별거 아닌 것이
누군가에겐 간절한 것이고

누군가에게 흥미 없는 사람이
누군가에겐 첫사랑처럼 애절한 사람입니다.

내가 가지고 있는 모든 것을 소중히 여길 줄 알아야 해요.
내겐 아주 사소할지 몰라도, 누군가에겐 간절할 수 있으
니까요.

부디 너에게는 내 온기가 식어 없어져도
따듯한 여운으로 남았으면

3부

따뜻한 여운으로 남았으면

우연의 연속은
인연이 된다

그때 당신을 만나지 못 했다면, 아니 그날 그곳에 가지 않았더라면 우리는 다른 삶을 살아가고 있겠네요. 당신과 내가 만났다는 건, 몇 번의 우연이 있었기에 가능했고, 그 우연이 엮여서 인연이 될 수 있었던 거겠죠. 맞아요, 우리 그렇게 사랑하게 됐어요. 만일 단 한 번의 우연이 틀어졌다면, 우리는 그저 스쳐 지나가는 사람들 중 하나였을 거예요. 그러니 우리 잊지 말았으면 해요. 우리가 정말 소중하게 만났고, 정말 소중한 인연이라는 걸 말이에요.

'그 많은 날, 그 많은 순간에도 당신과 나는 인연이었어요.

길을 잃다

흔들리는 감정 앞에 눈동자가 멈춰버렸다.
앞으로 나는 어느 쪽을 바라보고
어느 쪽을 선택해야 할지
세상에게서 초점을 잃어버렸다.

그렇게 한참 동안 세상은
마구 흔들렸고, 나는 여전히 멈춰 서있다.

경
계

같은 감정에 수십 번 속은 나지만,
매번 속아준 나에게 고맙다.
세상을 어렵게만 보고 더 속아주지 않았더라면
지금의 내 곁에 소중한 사람들을 만날 수 없었을 테니까.

너무 큰 경계심은
내게 소중한 인연이 될 사람을
스스로 밀어내는 걸지도 몰라요.

사
랑
의 크
기

우주가 얼마나 넓은 지는 모르겠지만
나는 너를 우주만큼 사랑한다고 말했어.
정도를 가늠할 수 없는 게
왠지 우주와 비슷해서
그게 딱 적당한 표현인 것 같아서.

뜨거운 사랑은 당연히 아픈 겁니다.

애초부터 차가운 사랑엔 데일 일이 없거든요.

때
가
되
면

너무 조급해 하지 말아요.

때가 되면 아름다운 꽃으로 피어나겠죠.

벚꽃이 겨울에 피어나는 거 본 적 있나요.

봄이 돼야 예쁘게 피어나는 거죠.

당신도 당신의 계절이 오면 당연하다는 듯

예쁘게 피어날 거예요.

'아, 아직 겨울이구나'라고 생각하고 기다려요 우리.

반드시 올 거예요. 봄.

사
랑
의
공
기

당신이 있는 곳에 가면
알 수 없는 맑은 느낌이 좋았어요.

사랑을 하면 그 공간의 공기 마저도
정화되어 버리나 봐요.

당신을
닮은 날씨

오늘 날씨를 보아하니, 곧 비가 올 내릴 것처럼 바람이 차고 거세네요. 근데 이상하게도 그 차가운 바람 앞에 햇빛은 너무도 따뜻한 거 있죠. 그런 햇빛이 당신과 참 많이 닮아 있어요. 아침에 눈을 뜨고 밖을 나섰을 때 세상은 내게, 거세고 차가웠는데 당신 만은 내게 참 따뜻했거든요. 오늘 날씨가 딱 그래요. 따뜻한 당신을 닮았어요.

쫓
기
지
말
길

시간을 쫓지 말고, 시간에 쫓기지 말아요. 인생은 삶을 꾸
려나가기 위해 사는 것이지, 삶을 쫓기 위해 있는 게 아니
니까요. 지금 주변에 있는 아름다움을 마음껏 느끼고 주
변에 있는 소중한 사람들과 더 많은 추억을 쌓아요. 또 가
끔은 주변에 있는 한적한 카페에 들러 커피 한 잔의 여유
를 느껴요.

둘러보면 할 수 있는 것은 무수히 많아요
당신의 소중한 삶을 너무 헐떡이며 보내지 말아요

좋은
말

좋은 말을 자주 하고
좋은 말을 자주 들을 수 있는

그런 사람과 함께
그런 사랑을 하는 것

어쩌면 내게 가장 필요한 사랑

하늘을 바라보니 떠오르는 사람이 많았습니다.
이렇게 아름다운 하늘을 함께 바라볼 수 있는 사람이
곁에 있었다면 얼마나 좋았을까 하는 생각이 들었거든요.

저는 종종 아름다운 것을 보거나, 향기로운 것을 맡을 때
소중한 사람들을 떠올리며 함께하고 싶다는 생각을 해요.

지금 이 순간도 그렇고요.

작은
감정

한낱 작은 감정 때문에 소중한 사람들을 잃지 않아야 해요.
당신이 느끼는 감정들은 그리 오래가지 않으니까요.
화가 나고, 서운한 마음이 드는 건 기껏해야 몇 시간뿐.
그 몇 시간의 감정 때문에 당신의 곁에서 오랜 시간 함께
해 온 사람들을 잃지 않았으면 해요.

이미 소중함을 아는 몇몇의 사람들은
자신의 감정을 다독이며 많은 것을 지켜가고 있을 거니까요.

여행이 좋은 이유

여행은 당신과 나의 거리를 한 폭 줄여주는 것입니다.
어쩌면 서슴없이 서로의 모습을 알아가는 것입니다.
새로운 곳에서 익숙한 당신과 행복을 나누는 것입니다.

그래서 여행이 좋습니다.

별거 아닌 일도 즐겁게 하면 중요한 일이 되고
중요한 일도 흥미 없이 하면 별거 아닌 일이 된다.

결국은 어떤 일을 하느냐가 중요한 것이 아니라
어떤 일을 어떻게 하느냐가 중요한 것이다.

씨앗을 심는 일

인간관계는 씨앗을 심는 일과도 같아요.
우리는 그 관계를 싹트게 하기 위해
많은 관심과 애정을 쏟기도 하지만
어떤 관계에서는 새싹이 자라지 않을 때도 있지요.

그렇다곤 하여도 실망할 필요는 없을 것 같아요.
관계에 있어 새싹이 자라지 않았다는 것은
지난날의 나를 다시 돌아보게 만드는
또다른 의미가 되어주기도 하니까 말이에요.

경험이 반복되면, 결국 그 끝엔
아름다운 꽃이 피어나겠지요.

우리 그렇게 믿어보기로 해요.

어떤 이의 어떤 하루

어떤 이에게
어제는 고통이고

어떤 이에게
오늘은 행복이고

어떤 이에게
내일은 설렘이다.

다른 어제를 살고, 알 수 없는 내일을 꿈꾸며
그런 내일을 위해 오늘도 열심히 살아가고 있는 우리.

같은 마음에 — 머물 때

무수한 마음이 우리를 스쳤어요.
사랑하는 마음, 시기하는 마음, 이해하는 마음이요.
되도록이면 좋은 마음에 머무르고 싶어요.
아마 당신도 그렇겠지요.

우리 이 많은 마음 중,
가장 좋은 마음에 멈춰서 머물러요.
그리고 그 마음에 진득하게 남아요.

그거 참 좋은 것 같아요.
당신과 내가 같은 마음에 있다는 거요.

당신을 생각하기 딱 좋은 날씨였어요.

나는 멍하니 하늘을 바라보았고,

지나가는 구름을 따라 여유를 느꼈어요.

당신은 알고 있을까요?

구름이 흘러가는 방향을 따라

당신을 기록하고 있다는 것을요.

저만치 멀리 갔을 구름을

당신이 보았을까 생각한다는 것을요.

그러고 보니 오늘은

당신을 생각하기 딱 좋은 날씨네요.

담
아
야 할
것
들

글쎄 지나간 일은 그냥 잊어버려요.
자꾸 꺼내고 꺼내놓으면
계속해서 과거에 살게 되잖아요.
그냥 지금을 살아요.
지금을 느끼고 지금을 즐겼으면 해요.

당신은 꺼내야 할 것보다
담아야 할 것들이 더욱 많아요.

마
음
을
위
해

누군가를 시기하고 미워하는 것을 굉장히 싫어하나,
가끔은 누군가를 미워할 때도 필요한 것 같아요.
그렇지 않으면 내 마음이
도저히 숨을 쉴 수가 없을 것 같거든요.

가끔은 싫어하는 일도 감수해야 할 때가 있어요.

명심하자, 우리는 행복하기 위해 살아가는 중이라는 것을.
때로는 힘들고 아플 때도 있지만
그건 하나의 과정이라는 것을.
그 과정에 머물러 멈춰버리면 안 된다는 것을.
더 나아가 행복한 날에 머물러
남은 생을 살아가야 한다는 것을.

그리고 우리는 계속해서 행복에 가까워지고 있다는 것을.

마음과 마음

서로에게 거짓이 없고

시간이 지나도 변하지 않는

마음과 마음이 하나인

진실된 사랑이 되었으면

끝없는 우울이
자꾸 찾아옵니다.

걱정이 많은
나의 사람들에겐

'나는 괜찮다' 말하며
웃어 보입니다.

그리곤 얼마 못 가서 누군가의
위로를 찾습니다.

괜찮다고 말해놓고선.

언제쯤이면 정말로 괜찮아지는 날이 올까요.

괜찮은 척 웃어 보이기엔

앞으로 가야할 길이 너무나 멀어 보입니다.

그런 사랑이 있다

주는 것이 부족해서
자꾸 무언가를 찾아주려는 사랑.

받는 것이 부족해서
자꾸 무언가를 원하는 사랑.

분명 같은 사랑이지만,
외로움의 깊이가 너무도 다른 사랑.

그리워하다

수많은 날들 중, 우리는 서로를 그리워하는 날이 얼마나
될까 생각하게 됐어.
가끔 술에 취해 비틀거릴 때나 문득 밤 하늘을 바라보다
생각이 날 때, 두 손 가득 무거운 짐을 들고 있을 때나 너
와 갔던 그곳을 거닐 때.

돌아보니 나는 생각보다 많은 순간에
너를 그리워하고 있었어.
돌아보니, 나는 생각보다 많은 순간에 너를.

눈
사
람
이

말
하
는

마
음

저는 당신에게
행복은 선물할 수 있지만
따뜻함은 줄 수가 없어요.

날 어루만져 주는 당신에게 보답하고 싶은데
얼음장 같은 손으론 당신을 보듬어 줄 수가 없거든요.

미안해요, 이렇게 차갑기만 한 나라서.

당신이 떠나간 자리
지금은 나 홀로
그 자리를 지키기 위해 서있습니다.

어둡고 차가운 바람이 부는 이곳을
당신은 얼마나 외로이
지키려 노력했을까요.

미안합니다.
함께해주지 못 해서
나는 이곳에서 벌을 받습니다.

반
대
로

끌어당길수록 멀어져 가는 사랑
밀어낼수록 다가오는 사랑

참 우습다.
왜 매번 원하는 것은
반대로 이루어지는 걸까.

비
가
오
는
날
이
면

나는요, 비가 오는 날이면
꼭 우산 없이 길을 걷고 싶어요.
차가운 것을 알면서도
온몸이 흠뻑 젖을 것을 알면서도
그 모습이 초라해 보일 것을 알면서도
그러고 싶어요.

아, 당신도 내겐 비가 오는 날이었어요.
당신이 차가운 것을 알면서도 사랑하고
당신이 나를 울게 할 것을 알면서도 사랑하고
언젠간 초라해 질 것을 알면서도
그냥 좋아하고 싶었어요.

사
랑
이
라 | 말
하
기
엔

사랑을 해도 외로운 때가 있다.
분명 나는 사랑을 받고 있는데
무언가 빠져 있는 듯한 그런 기분이 드는 때가 있다.

어쩌면 나는 많은 사랑을 바라는 것이 아니라
사소한 관심과, 배려가 필요했을지도 모르겠다.

상대는 나에게 많은 사랑을 주었으나,
관심과 배려는 한 없이 작았으니
사랑이라 말하기엔 외로움이 너무도 많이 묻어 있었다.

살
아
가
는

방
법

언제부터, 세상을 살아가는 방법을 모르는 것이 잘못이
되어버린 건지. 우리는 살아가는 방법을 잘 몰라서 그것
을 배우며 살아가는 것. 분명하지만, 계속해서 들려오
는 말은 이것도 모르냐는 말 뿐이니. 가끔 이렇게 살아가
는 게 맞는 건지 의문이 들기도 한다.

세상을 모르는 것은 당연한 게 아닐까.
우리는 모르는 것을 천천히 알아가는 것이 당연한 거잖아.
모든 새로운 것에는 깨달아 가는 시간이 필요하니까.
그 시간을 너무 조급하게 생각할 필요도 두려워할 필요
도 없는 것 같아.
우리는 잘하고 있어.
옳은 길을 걷고 있어.

지금처럼만 하면 되는 거야.

가끔 드는 의문과 두려움도 생각해보면

처음 살아보는 거니까, 너무도 당연한 거야.

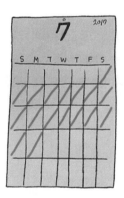

살다 보면 많은 일을 겪습니다.

못난 내가 되기도 하고, 사람들은 그런 나를 욕하기도 합
니다.

늘 좋은 친구가 곁에 있어줄 것 같았지만 나를 떠날 친구
는 어떻게든 나를 떠났습니다.

항상 내 편이 되어줄 사람은 사실 그리 많지 않았습니다.

누군가를 믿어주고, 누군가를 아껴주는 일은 생각처럼 쉬
운 일이 아니니까요.

마음에서 멀어지기란,

어려운 것 같으면서도 참 쉬운 일이죠.

얻
는
일

이제는 무언가를 얻을 때,
잃어버리면 어쩌나
제일 먼저 걱정하게 된다.
예전에는 얻는 일이라면 마냥 좋았는데
살아오면서 많은 것을 잃은 나는
얻는 만큼 잃는다는 것을 아는 나는

얻는다는 게 막연히 두려워질 때가 있다.

사랑이라는 것은

때론 사랑이란 그런 것 같다.
상대가 두 걸음 걸었을 때,
내가 한 걸음 걸어가
상대의 뒤를 봐주는 것.

문득 상대가 뒤돌아 봤을 때
그 자리에 서서 미소 지어주는 것.

상대의 뒷모습만 보아도
그저 행복한 것.

이런 게 사랑.

시
간

이 시간을 걷는 것이 참 좋다.
느리지도, 빠르지도 않게
일정한 걸음으로 걷는 것이 참 좋다.

이 시간을 얻는 것이 참 좋다.
버리지도, 아끼지도 않게
일정한 만큼으로 얻는 것이 참 좋다.

늘 같은 걸음으로 걷는 것.
이보다 좋은 것이 또 있을까.

누군가를
위하는 마음

사소한 것 하나하나 걱정해주고 아껴주는 사람이 있습니다. 정말 별것도 아닌 일에 깊은 걱정과 깊은 배려, 깊은 이해를 해주는 사람이 있습니다. 누군가를 위하는 마음이란 결코 쉽지 않은 것이 분명하나, 상대를 진심으로 생각하고 위한다면 그 어떤 마음도 감정을 속일 수는 없습니다.

누군가를 좋아해 봤다면 알 겁니다. 사소한 것 하나까지 상대를 위한 관심과 이해가 마음과는 달리 과하게 표출된다는 것을요.

연기로
가득 찬 세상

매캐한 연기로 가득 찬 세상 속에서
이제는 적응할 때도 된 것 같은데
눈망울에 맺힌 아련함에 눈이 멀어
나는 아직도 길 헤매고 있구나.

우리라는 울타리

헤어진 너와 재회했을 때
너는 내게 말했지.

"아직도 여전하네"라고

여전할 수밖에 없더라고,
우리라는 울타리에서
너만 혼자 나가버렸으니

운동을 해보기도 하고
친구를 만나 커피를 마시기도 하고
좋아하는 책을 꺼내 읽어 보기도 했지만,
네 생각이 나는 건 어떤 걸로도 막아지지가 않아서

할 수 있는 모든 것을 다 해보았지만

아무런 의미가 없었지.

그러니 여전할 수밖에.

익
숙
함

너는 늘 그랬어. 상처투성인 나를 보고도 익숙해졌다는 듯이 외면하곤 했어. 처음과는 너무도 다른 너를 이해할 수가 없어서 왜 그러는지 묻기도 했지만 여러 번 사람을 귀찮게 한다고 말하는 너였어. 그래, 사람은 누구나 처음 과는 달라지지.

그건 나도 알고 있지만 그 사소한 관심을 주는 것이 그렇게 힘든 일인지 꾸준하게 마음을 주는 것이 그렇게 어려운 일 인지 궁금해졌거든. 내 생각은 그래, 우리가 이렇게 서로 에게 익숙해져 있고 서로의 상처를 보고도 아무렇지 않다 는 듯이 외면하는 게 사랑이 맞는 건지. 이게 서로를 위하 고 사랑하는 마음이 맞는 건지 생각하게 되었어.

그런데 너는, 이게 사랑이래. 너는 나를 사랑한대. 있잖아 사랑이라는 건, 익숙해져도 서로를 알아주고 서로를 아껴 주는 게 사랑 아닐까.

만일 우리가 사랑이었다면, 마음이 이별을 준비하고 있진 않았겠지.

판
단

이별이란 그랬던 것 같아.

마냥 좋았던 너를

마냥 행복했던 우리를

판단해야 했을 때

서서히 이별을 준비했던 것 같아.

사실 누구를 탓할 수도 없었어,

우리 의지로 여기까지 와버린 거였으니까.

。

당신은 그 어떤 계절의 향기보다 아름답습니다

•4부

그러니 우리, 지금, 여기서 행복합시다.

사
소
한
일
도

오늘은 일기예보대로 비가 내렸고, 덕분에 마음은 축축해
졌지만 여전히 기분이 좋습니다. 이 넓은 하늘 아래 당신
과 함께 비를 맞을 수 있음을 감사하다 말했습니다. 제게
있어서 짜증은 큰 사치입니다. 비가 내려 옷과 신발이 흠
뻑 젖는다 해도 저는 행복하다고 말할 겁니다.

젖어들 수 있음에, 비를 맞을 수 있음에 오늘도 감사합
니다.

천천히 나아갈 것

성급할 필요 없어요.

모든 일에 성급해지면 놓치는 일이 많아져요.

천천히 챙겨야 할 것들을 챙기고

보아야 할 것들을 바라보고

담아야 할 것들을 담으며

천천히 나아가요.

무언가를 성급히 하고 나면

자꾸만 두고 온 것 같은 기분이 들거든요.

감
정
제
어

도통 감정 제어가 안 될 때가 있었다. 가차 없이 상대의 말을 끊어버리고, 화를 내버리고, 짜증을 부리면서 엉망진창의 내가 된 적이 있었다. 어차피 얼마 못 가서 혼자 펑펑 울어버릴 나라는 것을 알면서도 매번 똑같은 실수를 하는 나를 자책하기도 했다. 왜 나는 항상 이런 식일까, 좀 더 어른스러울 수는 없었던 걸까, 온갖 후회를 다 해보았지만 크게 달라지는 것은 없었다. 사실은 아직도 방법을 잘 모르겠다. 어떤 식으로 감정을 억눌러야 할지, 어떤 식으로 세상을 배워나가야 할지 아직도 잘 모르겠다.

같은
위치의
마음

잔뜩 허전해진 당신의 마음을
달래줄 수 있는 방법이 있다면
당신과 나의 마음을 같은 위치로
맞추는 일인 것 같아요.

가끔 마음이 헛헛할 때 누군가가
나의 마음과 같은 위치에 있어주면
금방 마음이 가라앉곤 했거든요.

그러니까 나도
당신이 힘들고 허전한 마음이 들 때면
천천히 마음을 맞춰주고 싶어요.

생각이나

뭐해?
나는 네 생각하는데
너는
이렇게 좋은 날
내 생각을 할까?
궁금하고
보고 싶고
막 그렇네.

당신이 그토록 아프고 지쳐 있는 데에는 당신이 한몫했어
요. 힘듦을 그렇게 잔뜩 끌어안고 놓지 못 한 당신은 아무
래도 아프지 않을 수가 없었던 거죠. 사실은 당신도 알고
있잖아요. 어떤 게 당신을 힘들게 하는지, 어떤 게 당신을
괴롭게 하는지. 다 알고 있으면서도 놓지 못 하는 거잖아요.

고
마
워,
나
라
서.

나에게 고맙다고 말해주는 사람이 있다는 것.
그것만으로도 당신이 잘 살아왔다는 증거입니다.

이 각박한 세상 속에서 누군가에게
고마움의 대상이 되었다는 것.
그것만으로도 당신이 잘 해왔다는 증거입니다.

말라가는 마음에 물을 건네준 사람이 있다는 것.
그것만으로도 당신은 충분히 사랑받은 사람입니다.

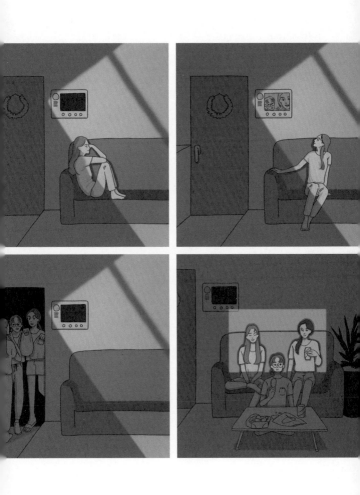

따
사
로
운
사
람

당신의 말과 행동, 표정
모든 게 봄처럼 따사롭기를.

따사로운 사람이 되어,
어떤 누군가에게 늘 기다려지는
설레는 계절이 되기를.

두
서
없
이

당신의 마음이 언제나 행복일 수는 없지만
당신의 마음이 언제나 슬픔이지도 않아요.

돌이켜보면 우리는 두서없이 행복했다가도
두서없이 불행하다고 느끼는 것처럼
마음에는 앞뒤가 없어요.

그러니까 당신의 마음을 너무 자책하지 말아요.
금방 왔다 금방 가는 바람 같은 감정일 뿐이니까요.

속
수
무
책

터덜터덜 집으로 돌아가는 길,

나는 아무런 생각이 없었어요.

엉망이 되어있을 집 걱정, 회사에서 혼났던 일들,

애인과의 사소한 다툼.

분명 나는 아무런 생각이 없으면 안 되는데

아무 생각도 들지 않더라고요.

어쩌면 나는 그동안 많이 지쳐있어서

감정이 무뎌진 걸지도 몰라요.

걱정이 많아야 하는데,

그 걱정조차도 이제는 다 놔버린 거죠.

막연하게 이런 시기가 와버리면 정말 속수무책이에요.

어쩌면 좋냐고 어디 말할 곳도 없고, 기댈 곳도 없고.

그냥 시간이 멈춰버렸으면 좋겠어요.

아무 걱정도 안 생기고, 아무 생각도 하지 못 하게.

어쩌면 나는 그동안 많이 지쳐있어서 감정이 무뎌진 걸지
도 몰라요.

이제는 다 놓아 버린 거죠.

피곤한 삶

일을 마치고 집으로 돌아가는 길이면 생각나는 사람들이 많아진다. 보고싶고 이야기도 나누고 싶지만 생각에서 다 그치고 만다. 보고싶은 사람들을 만나는 것은 내겐 설레고 행복한 일이지만 왠지 모르게 나를 다그치고 만다.

그저 오늘도 피곤하다.
설레고 행복한 일들을 미뤄둘 만큼.

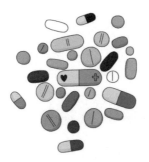

당신에게 다가가는 일은
봄을 만나러 가는 일입니다.
흩날리는 꽃잎을 스치며
당신에게 가는 길은 행복한 일입니다.

떨어지는 꽃잎에 스민 사랑의 향기는
우리가 만나온 계절의 향기보다 더 향기롭습니다.

사랑은 꽃보다 향기롭습니다.
그 어떤 계절의 향기보다 더 향기롭습니다.

기
억
해

당신과 나의 마지막은 엉망으로 끝이 나버려서 마음마저
도 엉망이 되어버렸지만 왠지 모르게 당신을 기억하는 머
리는 자꾸만 행복했다고 말합니다.

마음은 떠났어도 기억은 오래 머무르곤 하나 봅니다.

기
다
림

모든 날들이 잔잔하게
흐를 수는 없는 걸까.

조금만 더 찬란하게
빛날 수는 없는 걸까.

그 중에 나는 어디쯤에
머물러 있는 걸까.

잔잔히 빛날 날이
머지않아 내게도 오긴 할까.

오
래
된
기
록

사랑이 진해질수록, 더욱 진하게 기록을 했어요. 처음엔
연필로 시작해서 당신을 써 보기도 하고, 지워 보기도 했
어요. 그런데 점차 당신을 사랑하는 농도가 짙어지면 짙
어 질수록 해왔던 기록들을 진하게 덧칠하는 나였어요.

이제는 짙고 깊고 아득한 당신,
지워내는 일은 내겐 너무도 어려운 일이겠죠.

살
아
간
다
는
것
이

삶은 참 간단 명료하다가도 미지에 빠져들게 한다. 무언
가를 다 가진 것 같다가도 아무것도 가진 게 없는 그런 기
분이 드는 것처럼. 글쎄 삶이라는 게 주어진 문제처럼 답
이 정해져 있는 것인지 가끔은 깊은 생각에 빠져 보기도
하지만 누군가는 이 삶에 정답 따윈 없다고 말한다. 어쩌
면 다행히 아닌가 싶기도 하다. 정해진 답이 있었다면 우
리는 이미 다 맞춰 버렸을지도 모르니 말이다.

차라리 정답이 없는 문제를 내 멋대로 상상하고 만들어
내고 풀어내는 것이 더 많은 날을 살게 하는 쪽이 아니던
가. 우리의 날들에 흔히 볼 수 있는 흐릿한 날도 또 가끔
은 빛나는 날도 정해지지 않은 아름다움에 속한다. 모든
것이 처음부터 정해져 있는 것은 존재하지 않는다. 그저

시간이 흘러가는 대로 날들이 지나가는 대로 그렇게 살아가는 것이다.

그러니 우리는 오늘도 정해지지 않은 문제를 풀며 행복하게 살아가는 것이 정답인 거다. 참 좋지 않은가, 오늘도 이 미지근한 시간 속에서 뜨거워지고, 차가워지고 그렇게 살아간다는 것이.

자
존
심

내 마음과 내 선택을 너에게 지고 싶지 않아서
더 억지를 부리고 더 자존심을 세웠어.
그땐 내 선택이 무조건 옳다고 생각했기 때문이었지.

그런데 있잖아,
그 자존심은 곁에 머무르는 사람들을 밀어내는 거더라.
조금만 이해하고 수긍했더라면 내 선택이 옳지 않았어도
괜찮았을 텐데.

감정이라는 게 참 우습긴 하더라.
잃는 게 싫어서 자존심을 세우지만
결국은 더 많은 걸 잃으니까.

마음 한구석

오늘따라 괜히 마음 한구석이 먹먹해집니다.
어둑해진 거리, 비에 젖은 아스팔트, 반쯤 고장 난 듯한 가
로등. 누구라도 좋으니 옆에서 걸어줬으면 좋겠다는 생각
이 들었습니다.

아무도 없다는 걸 알면서도 괜히 마음이 앞섰습니다.
혹시라도 누군가 다가와 내게 우산을 씌워 주진 않을까
기대만 앞섰습니다.

내 마음은 이런 날에 더 앞서갔습니다.
앞서가도 그 앞엔
아무것도 없는데 말이에요.

걱정이 많아서 탈이야

너는 걱정이 많아서 탈이야, 별것도 아닌 일이잖아. 그저 신발에 흙이 묻은 것뿐이잖아. 툭툭 털어내면 될 일을 왜 그렇게 걱정하고 있어. 이제는 너도 별거 아닌 일들을 쿨하게 넘길 줄도 알아야지.

여유를 느끼다

가끔은 시원한 밤바람을 맞으며 한껏 뜨거워진 마음과 머리를 식힐 여유가 필요해요. 우리는 모든 것이 빠르게 돌아가는 세상, 완벽하게 이루어지는 세상 속에서 쉴 틈 없이 마음을 데우고 있으니까요. 이런 세상 속에서 우리는 마음을 데우는 일보다 불타오른 열정과 불타오른 의욕을 조금씩 식혀 주어야 해요. 이야기하자면 잠시 쉬어갈 타임이 필요하다는 뜻이지요. 당신의 그 열정과 의욕도 좋지만, 가끔 여유와 한적함을 느끼는 날도 필요할 거예요.

당신에게 질문을 한 번 던져보세요.
지금 여유가 필요하지는 않은지,
너무 과열되어있지는 않은지.
당신은 분명 돌아볼 시기가 필요해요.
어쩌면 지금 일지도 모르고요.

당신,
내 사랑의 이유

당신을 사랑한 이유는 딱히 특별한 게 없었어요. 사실 당신이 유독 눈에 띄는 잘난 외모도, 잘난 몸매도 아니고 유머러스 한 편도 아니었으니까요. 그런데 당신은 유독 마음이 따듯한 사람이었어요. 처음 당신을 만났을 때, 겉모습에 점수를 매기던 내가 부끄러울 만큼 당신은 좋은 사람이었으니까요. 그런 당신을 보면서 나는 느꼈죠.

사람은 겉모습이 중요한 게 아니라 속 마음이 가장 중요하다는 것을요. 내가 그때 당신의 마음을 보지 않고 겉모습만 봤더라면 당신의 그 따듯하고 아름다운 마음을 함께 나누지 못 했겠죠.

당신처럼 마음이 아름다운 사람, 마음이 따듯한 사람 그런 당신이 내 사랑의 이유였어요.

생
각
의
힘

어느 곳을 가든 이 곳은 아름다워.

어느 길을 가든 이 길은 옳은 길이야.

어느 말을 듣든 이 말은 나를 위한 말이야.

좋은 쪽으로 생각하고 또 생각하기.

서로를
밀어내는
사랑

너에게서 멀어지는 일은, 낭떠러지로 걸어가는 일과도 같아서 내겐 너와 나 사이의 간격을 넓히는 일이 너무도 힘든 일이었어. 저 낭떠러지로 떨어지면 많이 다칠 거라는 것을 나는 알고 있었으니까. 네가 계속해서 날 밀어내려 하면 할수록 나는 안간힘을 써서 버텨야 했고, 이렇게 서로를 밀기만 하다가 언젠가는 지쳐버리고 말 거라는 것도 알고 있었어.

사실은 네가 나에게 지친다는 게 무서워서 어떻게든 네가 힘들어하지 않게 하려고 애쓰기도 했고, 붙잡기도 했지만 그게 마음처럼 쉬운 일이 아니더라.
결국, 지칠 대로 지치고 나서야 더 깊게 깨달았어. 서로 밀어내는 것은 사랑을 지키기 위한 방법이 아니었다는

것을. 밀어내는 너에게서 안간힘으로 버텨냈지만 결국 사
랑을 지켜내지는 못 했다는 것을 말이야.

서로 밀어내는 것은 사랑을 지키기 위한 방법이 아니었다
는 것을.

쓸
데
있
는
짓

우리가 보통 생각하고 있는 쓸데없는 짓이 여럿 반복되면 좋은 경력이 되기도 해요. 그만큼 삶을 살아가는 데에 경력과 경험만큼 좋은 것은 없잖아요.

가끔은 '내가 왜 이렇게 쓸데없는 것을 하고 있지?' 싶다가도 하길 잘 했다는 생각이 들 때가 있으니까요. 그건 아마도 지나온 경험들이 내게 득이 되었기 때문일 거예요. 남들이 보기에는 우리가 하고 있는 이 쓸데없는 일들이 어떻게 비춰질 지는 잘 모르겠지만 자신이 하는 모든 것은 분명 삶에 있어서 큰 도움이 되는 쓸데 있는 짓일 거예요.

잘하고 있어요. 당신의 상황이 힘들다는 것도 혼란스럽다는 것도 잘 알고 있어요. 그래서 잘하고 있다고 말하는 거예요. 당신은 지금 최선을 다하고 있으니까요.

어쩌면 안타까운

그렇게 속고 속아 놓고 또 다른 믿음을 쌓아 올린다.
왠지 이 사람은 내게 진심일 것 같고 모든 것을
다 이해해줄 것 같다는 생각과 마음이 벌써 나에게
몇 번의 상처를 가져다 줬음에도 불구하고
같은 감정에 휘말리고 만다.

어쩌면 어리석은 나지만 또 어쩌면
사랑에 목마른 안타까운 내가 아니었을까

아
주
조
금
만

힘들다고 투정부리는 게 아니라
조금만 알아 달라고 얘기하는 거야.

모든 걸 이해해달라는 게 아니라
조금만 알아 달라는 거야.

네가 나를 조금만, 아주 조금만이라도 봐줬으면 하는 마
음이었던 거야.

기다리게 하고
기대하게 하고
좋아하게 해놓고
잔뜩 실망시키는 그런 사람.

좋아하지 마요.
당신만 아플 거잖아요.

진
실
된
마
음

너의 마음에 내가 닿을 수 있다면
내 모든 걸 다 주진 못 하더라도
진실된 마음을 선물하고 싶어.
그 마음이 너에게 닿아
꽃 피울 수 있도록
따듯함을 선물하고 싶어.

내 모든 걸 다 주진 못 하더라도 진실된 마음을 선물하고
싶어.

청
춘

얼룩이 많을 나이다.
아주 작은 말들에도
아주 작은 행동에도
아주 작은 눈 빛에도
마음이 여러 색으로 물드는 나이다.

빛나거나 어둡거나
때론 반듯하거나 구겨지거나
청춘이라는 게 그렇다.
한 가지의 특성이 없다.
뒤죽박죽 알록달록한 감정이다.
청춘이라는 게.

그런 나에게

홀쩍 커버린 나의 몸과 마음에게
미안하다고 말하고 싶어요.

살아가는 방법이 아직 미숙한 나라서
상처가 많아지는 내 마음에게
미안하다고 말하고 싶어요.

다 큰 줄만 알았던 나였는데
돌아보니 아직도 한참 어리기만 한 나였거든요.

앞으로 어쩌면 좋을까

걱정하지 말고

앞으로 어떻게 좋을까

고민하도록

친구
에
게

친구야, 너 오늘도 많이 힘들었지. 난 있잖아 너에게 좋은
친구가 되고 싶은데 내가 먼저 너의 힘듦을 위로해도 될
까 고민하곤 해. 가끔은 네가 먼저 다가와서 힘들다고 나
를 좀 다독여달라고 말해줬으면 좋겠는데 너는 어떤 마
음일지 잘 모르겠어. 내가 먼저 너의 감정을 들추는 게 되
려 상처를 주는 일일지도 모른다는 생각에 그저 웃어 보
인 나지만 그렇다고 해서 너의 마음을 몰라주는 건 아니
야. 친구야, 가끔은 우리 힘들다는 투정도 함께 나누고 덜
어내며 그렇게 살아가자. 곤란한 너의 마음도 같이 고민
하고 생각하며 그렇게 풀어나가자.

나는 너에게 즐거움을 주는 친구이고 싶지만 가끔은 슬
픔도 함께 나누는 친구이고 싶으니까.

지금, 여기서 행복합시다

행복에는 자격이라는 것이 주어지지 않습니다.
누구나 행복해질 수 있습니다.

그러니 '내가 행복할 수 있을까' 걱정하지 말고
그냥, 행복해지세요.

지나온 날들 그리고 지나온 경험들 속에는 많은 아픔과
상처가 쌓여 있지만 잘 생각해보면 그 안에는 행복도 말
할 수 없을 만큼 많을 거예요. 우리는 아픔과 상처에 집중
하는 편이라 행복이 있었다는 걸 좀 더 희미하게 기억하
고 선명하게 떠올리지 못 하는 것뿐이에요. 잊으면 안 돼
요. 오늘의 일상 속에도 분명 행복은 있었다는 것을요. 그
리고 그 행복을 희미하게 잊어가면 안 된다는 것도요.

그러니 우리,
지금, 여기서 행복합시다.